Poemaryprosa

Cuti

Poemaryprosa

MAZZA
edições

Capa
Valverde
(óleo sobre tela – sem título)

Diagramação
Pablo Guimarães

C988p Cuti.
Poemaryprosa / Cuti. – Belo Horizonte:
Mazza Edições, 2009.
80 p.

ISBN: 978-85-7160-489-6

1. Poesia brasileira. I.Título.

CDD: B869.1
CDU: 821.134.3(81)-1

Mazza Edições Ltda.
Rua Bragança, 101 – Pompeia
30280-410 Belo Horizonte - MG
(31) 3481-0591 • edmazza@uai.com.br

aos que fazem do amor uma prática de prazer, altruísmo e generosidade
e aos que vivem tentando

para
aieeeiaeaóiamrntlnnr
mares-mulheres-mari's
cujas ondas inundaram
este poema

BÚSSOLA PARA O (IM)PULSO

O esforço mental de compor uma cena, uma história, uma notícia que nos preencha internamente de imagens é o que nos leva à prosa. Nosso cotidiano é mais prosa quando falamos e mais poesia quando silenciamos e o pensamento abre asas.

O esforço habitual de entender reage contra o poema. Em outras palavras, poema é um texto que se apreende melhor depois que abandonamos a pretensão prévia de entendê-lo, e deixamos de lado o esforço. Poesia, para ser fruída, quer descanso dos formatos prévios de leitura. Porque muito de seu ser está no som e na metáfora, instâncias que requerem o afinamento da sensibilidade, pois, apesar de elas terem os pés na realidade, elas voam dentro de nós. Para acompanhá-las é preciso voar em si, deixar-se ir, permitir que o conhecimento se faça na zona flutuante da linguagem, onde a certeza relaxa e não é permitido censurar-se. Que venham a intuição e um de seus filhos: o insight! E que nossa memória fique solta para realizar associações.

Neste livro não há uma história. Há, sim, alguém relatando sensações que se abraçam e seguem pelas páginas, ora como um casal, ora como um bando de pássaros acompanhando um ser solitário.

A experiência de se deixar fluir na leitura tem a ver com o fluxo do livro que, em alguns trechos, nos propõe um vaivém dos sentidos, a possibilidade de rever a ideia que foi formulada, já em uma nova relação, como se circulasse. As palavras, então, buscam a dança no texto contínuo e no segmentado, e um diálogo entre a linguagem do poema em prosa e a do poema em verso.

Uma vez ou outra, o leitor vai se deparar com a palavra em negrito, indicando que ela foi inventada, que se trata de um neologismo, cujo(s) sentido(s) novo(s) se dá (dão) pela reunião das partes. O realce de uma ou mais sílabas, também em negrito e com algo novo em suas letras, são detalhes que apontam para outras possibilidades de significados.

Alguns termos pouco usuais em nosso dia a dia encontram elucidação no pequeno glossário ao final do volume.

Poemaryprosa é um convite para uma leitura dançante. Sentimentos e emoções se entrelaçam, afirmando que o destino de todos nós, mesmo que desviado pelas circunstâncias diversas, é a felicidade, o equilíbrio, a festa de viver.

Cuti
junho/2009

prosa
em cruz
ilhada
versoebó antitabu

livre livro na estrada
laroiê
exu!

pipocas de nuvem em banho de afagos liberam ruas, rios, lagos

para tudo que é lado
amormiragem
vertigem
voragem
viagem

depois de um trago de absoluto. partem todos os lutos inventados nas lutas dos corações encouraçados. ninguém é de alguém, mesmo que nas trilhas de matusalém já o rastilho daquela pólvora explodisse a noite dos amantes. armados posseiros do outro, contínuos exemplos de violência e morte, misturam tudo que é sentimento nefasto, adicionam estrume e depois deglutem. contudo, peço: não desanima, luta, mesmo que no futuro restos renitentes massacrem os sonhos de se dar e ranjam os dentes. mais possante é

quando os caminhos se aninham
(mar
onda
marola)
afloram o íntimo
(poema
fluxo de mar e prosa)
ousam
voar com a mariposa
levemente pousam
animam

ímã de gente atraindo gente para além do hímen. milênios de punição e regras. sempre alguém sai dos trilhos. saí. giras-me o trinco. entras como quem mora em mim há muito tempo. nem rangido de porta nem barulho de passos. flutuas. com o passar das interrogações já me sinto no caminho contrário ao que até então sonhara. a mulher ideal esvanece ante a realidade no sentido inverso de um estético que sorrateiro em tudo se impõe ou se insinua. mulher de verdade exala imensidade. lua quarto crescente entre os lábios, porto

de silêncio que possa conduzir
agasalhar
quem ama

por riachos macios
onde água é chama
rio abaixo rio acima
tudo inflama
no onde e quando
o sopro original da boca

seguro. moleque serelepe, o coração pula de alegre depois de um aluá de toques, úmidas sedas e línguas. fusão de melanina, banzo volatiliza-se. do rancor racista a catinga antiga nos deixa em paz. miçangas de céu no remelexo dos sonhos. 360 graus de mistério cósmico enchendo os olhos, a vida não mais será confronto de posses e poses. ao longe nuvens brancas comem cinzas e arrotam ameaças. recuas ante a visão da ***sinhá da gadanha*** *vindo em nossa direção, trazendo sob a capa sedução, manha e um querer*

fogo
jogo
perig*ozo*?

– e **perig*uloso*!**
este liame entre o chão e o sol
suores amalgamados
delícias de lençol

ceifar, a pálida senhora vem. à beira do abismo tentamos salvar o ***nós*** *debatendo-se em gritos de pavor. ela, de ossos à mostra, foice em punho, no fundo clamando-nos a fraqueza, se faz multidão desejosa e instiga-nos a queda. afrouxamos até o ponto em que do orgasmo sádico a turba embola as tripas na garganta. mas... de onde vem não sei... som e sabor sobem. ijexás* **amanhacendendo** *a senda elevam velozes cavalos de fogo brotando musicais galopes dentro. explodimos* **ogúnicas** *investidas. conseguimos nos erguer. a platéia vaia. baba estertores de miséria. os que não mais se doam*

escoam diálogo-malícia entre os poros
ondulante canoa de frases
que se escoa
pelas coxas

versos fazendo saltos
vão mergulhar
na lagoa

palavras submersas na escuridão uterina
da página
movem-se

no fluxo
abraçam
um núcleo de paixão

rasgam os próprios ventres e expõem as vísceras e os que se devoram vendem-se uns aos outros por moedas várias: proteção, afeto ao pe$o e preço de mercado, $exo quantificado em ato$, muito$ ódio$ mútuo$, bem-e$tar publicitário, deu$es e vida$ pó$-vida. em uní$$ono lançam a$ praga$: "vocês serão desprezados. a fome vai lhes esterilizar os sonhos. vocês rastejarão diante da opinião pública e o perdão será negado. mãos mandadas estarão em missão constante de estrangular-lhes as sombras. viverão de muita dor e sangue. serão crucificados em praça pública." com tais anátemas espumam por todos os orifícios um mar pegajoso que sobe vertiginoso. reunimos as últimas forças. destruímos a distância mínima que nos separa, desferindo-lhes meia-lua-de-compasso no sentido contrário do que aprendeste e do que aprendi. para o relento! patuá no peito (zaratempo!), damos os primeiros passos em internos *próprios assentamentos, encarando o desafio com desprendimento, por que sabemos*

onde se abriga a poesia
a dor de quem
(osmose de pedra e lágrima)
oxummima a necessária dose
de ir além

flor
do centro da pedra dispara
e a bala de desejo perdida
acerta em cheio
da vastidão o centro

da imensa mágoa humana. caminhamos lentamente por entre os pavores que restam. **doçuramo-nos** *em bonança. mãos dadas, mentes entreunidas, percorremos e escorremos os desencantos, a quebra do adeus, o remoinho de sofreres. ódios envolventemente ondas agitadas. ruas? desanuvia-se o espaço sombrio. o centro da cidade crava em nós vitrinas repletas de ilusões. cartaz: quem compra os próprios males espanta. cipoal de insatisfações maquinais e cusparadas de indiferenças. impossível esta vida? poço nas costas, deixo cair seixos do fundo. pedras emocionais preciosas. o nome que te define, fio da meada do mea-culpa, esquiva-se. mergulhamos mutuamente nos reconstruindo por dentro. interrogações perenes, murmúrio abafado que a várias vozes sorri* *para decifrar as faces do verdadeiro e do falso atrás do tempo que se desenrola para depois do ponto final, além das margens da página*

de um sentimento maravilhoso
aquarela de céu movimentado
vendaval marulhando sem repouso
fuzuê no peito já é tornado

onde um toco bem **preto-me**, *totem luzente, responde ao que nos foi velado em nevoeiro cerrado: amor é quando o sonho expõe as células estagnadas e delas faz libélulas*

sem corpo
sem espírito

p
e
r
f
o
r
m
a
n
c
e

vôo de sêmen e óvulo
nuvem

com forma de mariposa. vejo-te em casulos múltiplos, alado floco de fogo acolhedor além do pensar. do que danças leve com movimentos **arcoíricos** *aguardo sons. nenhuma vibração das cordas de ti. receio que*

nem cinza nem branca em cor difusa
seja. lágrimas belas de fartura
excesso de cuidados nos depura
ainda que tu estejas bem confusa
a vida lava mágoas de clausura
no rosto a maquilagem, doce musa
não pode camuflar em nós negrura
levar à identidade que acusa

amoretude *e dengo sejam isto: vermelhidões acesas que logo se* **brasam**. *sigo a revelação do escuro até uma porta de espanto espesso feita de infinitas mãos. carícias se movendo num bailado lento. como ultrapassar? de repente tudo se vagina intenso*

seja em pele ou pelos
o amanhecer que nos madura com esmero

espero
inspiro o desespero
piro **eros**
e aos tentáculos de **tânatos**
dou **nós**

manhãs podem nos acasalar os poros

o presente não ser presa fácil do apocalipse
de milhões de olhos temerosos
ameaçadores que
em riste
a cor que somos desafiam
cheios de dor e do antigo empenho
de eternizá-la

ágeis guerreiros em nós aquilombados
comungam múltiplas batalhas
surdas

titubeias no charco
da moral mortal que mistura
segurança e tortura
em retesado arco

nessa imensa sedosidade úmida por onde devo **passonhar**. *feito um floral estigma na entrada, ele acende amores vividos e imaginados que todo pistilo abriga em meio a pétalas de memória. vontade ereta, faço a tentativa:*

flecha lançada

hábito
édito
mórbido
vício

hábito

débito

óbito
óbvio

melhor desvesti-lo
com classe
estilo
sóbrio:

– riso, abra a porta!

... nada!

dentro mágoa
enchente não chorada

impulsiono a magia:
– abracadabra!

desabam metáforas
vendaval em copo d'água

sobrevivente de um diálogo entre lágrimas
foi que nadei até estas páginas
de quem não desiste

chiste
insisto:

alguém em casa? segredo em riste, o clitóris aponta que não desiste do místico projeto de atingir o céu pelo íntimo. o impossível é nada comparado ao fundo dessa viagem **interplanejada**. *toda miragem é sempre deglutida pela cavalgada de estrelas* **intralabiais**. *o botão em plenitude florida aciona o sol contido na ximbica. revela o veleiro entre as águas quentes. inundação subversiva. masmorras erigidas no cotidiano afogam-se. a mulher no concreto: ferro, pétala e infinitas costelas que lhe garantem o fôlego além de evas e adãos. a mulher no deserto: mata virgem cheia de focos de silêncio ardente, coberta por flocos de algodão doce em perenes interrogações amargas. nas ondulações da treva, a realidade: limites de felicidade pré-fabricada, unção de óleos misturada com bebida alcoólica e a evidência condicionada à força: tudo tem preço (e subtexto). uma gota celeste estanca a própria queda e reage:*

saudade o que sinto
ou paixão
recordada neste vinho tinto?

luz à distância
labirinto em fogo

anéis de saturno
planeta extinto

universo em expansão pressinto...

– ninguém espera
um moleque de bicicleta
na contramão!

olhas-me
olho-te
colisão!

choque nas sementes
floração:

– viva a essência da viagem! o **nomenigma** *que tanto intriga não é de verdade. na incerteza, te chamarei CHAMA, CHAMA de mim comigo, CHAMA de ti contigo, CHAMA de nós no umbigo, CHAMA de nós sem medo de enfrentar o perigo, CHAMA de nós com eles, elos da mesma raiz, CHAMA de nós, novelo, CHAMA de ser feliz em face dos vários sentidos do que fizeste, do que fiz. ou tão-só um sonho revoando auroras sobre mim, inútil dúvida de definir-te quando*

da negra desdêmona
cálida

em um só trago
bebo-lhe o silêncio
misturado com iagos
e outros pálidos
demônios
e

nos dispersamos em meio às vitrinas da cidade. insatisfações tantas, confronto cego entre nós e o cultivo do malquerer. vou virando pedra pra que te quero. lanço nãos como granadas e alegro-me com as explosões. recusar-te e ao próximo próximo e distante é o princípio. o desjejum inclui boa porção de pólvora, almoço e jantar outros tantos explosivos. monto uma fábrica para produzir becos. a produção sempre crescente... mas, de repente

regurgito mitos e farsas

chega o tráfego intenso
fôlego fosso
osso cotidiano
duro de roer

anseio ficar neutro
feltro
sóbrio
rio sonolento
ao relento

ver o dia nascer entre as frestas
menstruando a cidade
incomodada de sonhos repletos de varizes

reencontrar a paz perdida nas pedras
o deleite materno
da calma

paz em palmas de me querer
na bem-aventurança de ser
enlevo na voz
sem pressa ou culpa
reconciliar a disputa
revelar outra fonte
outra foz
desaguar
o que mais tenho a me dar
a medrar

indoindo encontro **bará**
que me oferenda a senda de infinitas aberturas
solapando a letargia
dissolvendo calundus
das encruzas

celebro a memória viva que ***orixaliza***
a libido sem álibi
saboreando abismos
nos ombros de egunguns

ouço-te nas cascatas que eu trago na própria sombra. quem te me disse? o **céu-me** *é quem acena chamando-me para dentro. a produção pessoal de becos arrepia as fachadas de mármore que eu também produzo. ressonâncias desembocam na prisão. olhos vários nos* **oh!vários**. *cada rosto uma arquibancada. passamos. eu cabisbaixo*

masco restos de cupido...

a*morno*gâmico
mono
poli
mico
momo

e (o) ***sem TI mento***
na retroviagem do umbigo
feito cachorro vira-latas
na imundície

depois
cão de estimação
xixi no tapete
umedecimento
sujeira escondida no vício

em seguida
um cãozinho de pelúcia
vai te enfeitar o móvel
da ironia atávica

por fim
osso de sonho descarnado
no canto do prato
a caminho do lixo

mas do peito nascido tudo é reciclável
não importa a conduta

no horizonte do barulho
outra pauta

– maestro coração
música!

leve no ar o ser ondula

enquanto palavras sem melodia circulam um centro vazio após as inúmeras partidas com que me presenteias antes de a palavra alçar o voo de encanto ou ***O Olhar*** *perpassar as armaduras. brancuras em vagas irritadas, âncoras ao mar desta tão antiga baba. logo a* **celuláfrica** *mater ovula, a* **vaginessência** *marulha*

cada célula

vibração conjunta
jongueia o beijo:

de boca em boca
o escorrego
na saliva

o âmago dá risada
abrigando-nos
sob as asas

em si protegido

deixar-se é o caminho
pontes contidas nos pés
sobre mares de mágoas
lagoas e rios

afagando o perigo
cada qual de um canto
saímos
para o desafio das ruas
tortuosas de povo
e pólvora retida
no ígneo abraço homicida

e alguém te grita: CHAMA!... e me atrevo em melanina a rever ódios passados e precaver-me o futuro

gerador do dédalo

quando
a gente se busca
rebusca
acha
em poema e prosa
se permite rosa
goza

caminho-te pelos ***labiosrintos***
perdido em tiras
na sedução
quando viras

glúteos robustos
permanente volúpia
lua negra bipartida

calma tecida em dengo
movimento
latejos e adejos
pousam olhos-mariposa

elevações moventes
espreguiça-se
a coluna dorsal do ser
segundo a carne
a gostosura
o vaivém
da desenvoltura
voltas e voltas
de ternura

acolhido em veludos
afino os ouvidos

marulho de mulheres nas pedras de mim
oxum tricoteia orgulho
algas concentradas
ondas
lágrimas
beijo não beijado
demanda
estopim

que num repente, CHAMA, eleva o chifre do secular espanto entre mulher e homem. contemplo a lembrança distribuída em poeira sobre a pele. olho alvacenta fumaça de astúcia adiante. dissipo. estilhaço a redoma de suplícios dos amantes: ambos querendo se nutrir de retas, a evocar um obituário jeito de amar, não fluir

o que
dentro
intensifica o amoroso epicentro
em nome dos tremores e temores a céu aberto

arquipélago estrelado

mulheres em mim
murmúrios
ilhas afogueadas
frutos do continente-memória
amaci
para a solidão que tratora
a primitiva aurora
indelével saudade da noite abrigo
que nos foi origem
alívio
ori

sujeita a lágrimas saudáveis
que a lembrança aflora
deixando tesos os poros

à mercê de desencantos. entre senhor e escravo sentimento é cravo e penhor. o poder entoa seu louvor e enterra vivo o que há de mais vivo. apego entre a obediência e a ordem: – desordem! ódio que se camufla e insufla a própria capacidade corrosiva. lenta, gradual e seguramente nódoa de intolerância o que ficou: hipocrisia visceral e o latido do caos no fundo escuro do quintal. enviesada chega do sentimento uma realeza

mãos abertas
dádiva de uma serena certeza
quanto mais se ama
divindades se achegam à mesa
inflamam

olhos de vários matizes
brilhantes orifícios levitam beijos

navioventos seguem viagem por ondas polígamas
mar encontrando o rio
o peito é proa

nas águas
de amor e ódio
misturadas nas entranhas
o ciúme persiste
e cultiva piranhas

pororoca boquiaberta
para o infinito que a tudo sobrevoa
com asas de mariposa

adejos constantes de essenciais noturnidades

tantas formas de se dar
condensar horizontes nas mãos
oferecer nos afagos...

se dádiva
vida
se disputa
ou dívida cobrada
cobra
entrega é intriga
sexo é luta
que ninguém desfruta

súbito! um travo!
uma briga
desejos doloridos de prisões voluntárias
(chicotes em punho)
violentam o enigma
fazendo igreja
o sexyshop
e jardim
sua redondeza

se emoção aceita
coração escorrega
se enfeita
bombeando sonhos
novos **horiz*ontens***

emoção que se rejeita
mágica emperrada
ritual de crueldade
formas e modas
ditando normas e fachadas

amor abiku
com data marcada

para a viagem no âmago da beleza, por onde me perdi sem me perceber livre e leve com todos os aconchegos múltiplos. ameaçam-nos

na página em branco

onde o nada
crucifica o pensamento

ternura abafada
a violência íntima segue
corrompendo outros tecidos

em toda esquina de se dar
emboscado o perigo
a dor num tempo de coágulo
inflamação ao redor do cravo

sob o riso
abafado gemido
o rio
que poderia ter nascido

afogado em rocha de lembrança
arrosta-nos com o olhar insano

de tênue ave
voo breve
eterno quase

borbulhar de intimidades imaginadas
na sementeira com que me olhas
penso-me a fome

acostumado ao inteiro
desconfio das partes da colheita
com que me presenteias
num futuro distante

o prazer de fecundar-nos com o poder da liberdade. de quatro folhas, com as mãos, compomos o trevo e rejeitamos o fluxo ameaçador do destino que o egoísmo traçou com retas e impediu de vir à luz este ser amordaçado nos porões de nós mesmos, onde ainda viceja o suplício de limites, manias, esquisitices, celebrações de forca e fogueira, um se afogar nas sarjetas de tantas **manietações** *e*

nada acontece

o beijo guardado
de tão maduro
coitado
qualquer dia

apodrece

enquanto o sexo tece
o espetáculo
na busca do todo
entrudo
tudo ou nada
cada um por si
última cartada
corisco de eternidade
mudo
sisudo

e a personagem principal da trama
de tesão e drama
se perde no texto
o mundo se faz contexto
e cenário
do palco
de negação e medo

insiste o poema:
quem suja a cena?

beijo não beijado
vizinha na janela
língua de aquarela
prazer algemado

bodas de contratos de risco escritos em hieróglifos. podas deitam normas. receio de amar pranteia e faz cheias de águas mortas as palavras, onde cadáveres de afetos boiam, abutres celebram a festa dos que chegam à margem. quem não quer o mal do próximo nem que seja no noticiário?

inseto na teia
como nunca possível fosse
preso entre amores

esticado ao máximo
rompi

nada sobrou
para qualquer das partes

só
desinteiro
entre os fios de solidão
lançado no terreiro

rindo-se à larga
a chaga
com a aplicação de urtiga e pimenta
acrescenta:

coração
filé no prato
paixão em pranto

confronto
de vísceras e dentes

íris projetando arco-íris
atravesso o poente
angústia como passaporte
sem te compreender
a linguagem de morte

o peito em labuta
a pão e água
reluta

vence o cadafalso

só quem está no outro em estado de graça. se não se quer não se toca, do apimentado gosto do bem-estar, nem rum nem rumpi mas lé, agitado como o grito de um quicó na transmissão do axé. som ensurdecendo e ainda quente o sangue, apascento o sentimento de oferenda sem nenhuma pena do que morre porque nos apequena. pueris os micro-desejos. cristalizada poeira romântica, sino de igreja atormentando, véus velando, padrinhos, noiva, noivo, uivo, buquê boquiaberto de agonia. ninguém por perto. a memória poreja no "cale-se para sempre". o passado interrompe a cerimônia. lapso de tempo. greve de neurônios: a poesia romântica exibe queixumes, desmaia com febre nupcial e, em meio a fantasias de renda branca, balbucia

enforca o tempo

o poema põe a língua de fora
inchada
a palavra
roxa
dentro
uma tocha

do que em nós se faz brecha
quando fechados
pisamos o calcanhar do próximo
irados
na caverna enxergamos a conclusão dos fatos:

dor de cabeça
dor de cobiça

vá ticando:
o amor
é o avesso de roma
caricato coma

a necessidade de cirurgias para restabelecer hímens do real em face das multiplicidades de caminhos e desvios. o que nos vem no vento faz um ziguezague e um vaivém. o **deusejo** *é um bicho solto. com os cascos de perfumadas flores nos vai galopando o sangue, e nós, campos de batalha, abrigamos sentimentos mortos e feridos. e assim, CHAMA*

em carismática redoma
cacos de ilusão espiritual

cravam na ferida
imaginárias masmorras de crenças
torturas
mentiras
desta e de outras eras

quem me dera
abrir porta e janela
libertar a cinderela
de sua cela
tirá-la da mira
apagar a sequela
e toda ziquizira

se eu pudesse banhá-la em poesia
neste mar que me vai e sempre vem
tão doce e certo a mim seria
entrá-la além do mal além do bem

mas sei que a crueldade corrói
e ela mergulha na embriaguez
de sonhar ser o que não foi
viver sempre a me dizer: – talvez

não sei se espero. tenho pressa
de encontrar-me a vida que perdi
em tanto não sei e só promessa

ao tempo delego-me o bori
sem saber se termina ou se começa
o canto e a bonança que vivi

insano carrasco agora impondo
tão estranho sentido de viver
quadrado matando o que é redondo
no circuito a orgia do poder

no brilho das contas desse kelê
pelas lágrimas sei reconhecer:
a cinderela sempre foi você

por isso grifo:
que por vezes o desejo seja místico!
entre a cópula e o copo
no roncó da poesia
dissolva a culpa
em prudências serpentinas
destile carícias
íntimas
delícias

que o mito bem-vindo permeie o peito
sopre o sofrimento
calor nos ovários
luz nos testículos
permita que o desejo seja místico
o trágico se destile
enquanto chove

crateras nos passos vão se abrindo. peso de mundo nas costas. toda posse, poça. o que em nós é mais fundo em si só inclui. o raso de nós, o sumo que ainda somos, exclui. o mais fundo em si não obedece à regra, à ordem, a tempo ou lugar. acontece como um pingo de chuva no olho ou na lente secular dos óculos com os quais vemos o mundo e o mistério **absurdoído** *de belezas tantas em olvido.* **desamar** *importa então trancar todas as portas, engolir as chaves, arrotar o frio do cárcere e continuar em si armado. na hora grande não consultar quem nos caminhos manda. quando muito olhar por olhar pela fresta aberta por musgos no teto e lembrar*

espermatozóides
que brincam de pega-pega
no pára-brisas

menstruação
estacionada
tremem-te ternuras
indecisas

a fonte primordial borbulha
deslocando-nos as balizas

a saudade pulverizando desilusões ao redor
impede sejam os carinhos
algemas

abissal sentença
nos descaminhos acho
alongo os instantes
da presença que me ***intiminvade***

contudo este apego agita
e a emoção homicida
o cadafalso aciona

mas o carrasco
num átimo
pela ré se apaixona

no seu lugar
executa-se

ressuscita
repete o mesmo ato
com perfeição inigualável

assim me desfaço
e logo renasço
entre o verdadeiro e o falso
de cada um de nós
completo e sereno

como se não houvesse escolha
bolha
rolha em alto-mar
farol no sem fim
este me sentir em ti

cerne em transe
revoada de incandescentes mariposas

não se sabe como
estoura
uma tourada de foro íntimo
a lei da gravidade engravida
o poema sensato
lança
no chifre de alguma sombra

a dor de amar capaz de amargar um ferimento em qualquer lugar do escuro. fluxo de metafísica, maior seja o esforço de mentir à polpa o caroço. e assim, CHAMA, expões do argumento e da notícia o lado espúrio:

como se nada fosse
o amor...

foice!

foi-se a esperança
no fosso

fórceps
o coração é fígado fóssil
em temor: freud!

a liberdade explode
em meio à platéia viciada na clausura

medos que seguram a caminhada. a violência alimenta-se de vitrinas e bloqueia a estrada para os mortos e feridos. depois, entre lágrimas e ódios, se vangloria assassina

enquanto venta a crina
do ciúme

o ódio sapateia os cascos
emite o coice
em pleno sentimento e pune

insônia no interior do sonho pesa
pesadelo
onde habitam as nódoas

o desafio em chamas
devora sedas e rendas da casa mal-assombrada
após as bodas

e ao mesmo tempo a palavra abandona as muletas e corre para as portas bramindo:

nada em cima da mesa
tudo foi destruído
resta o desatino
e esta loucura se rindo
em meio às ruínas

nós em um canto
roendo as unhas de um canto sibilante

de tanto nos doar

passamos a doer
e ninguém tem dó

de tanto chorar
passamos a chover
e ninguém dá sol

nada em cima da mesa
tudo será construído
o traje do destino
e este se dar menino
cheio de perdas

sem resistência, cai no abandono, na delinquência este se dar na ausência. unhas pelas paredes, novos sonhos **sonetando** *o empenho. mas, decidida, a palavra bebe o suor do cosmos. cheia a cabaça com o magma mais escuro, a candeia se faz mensageira e toureia*

carências de pedra
risadas estranhas
da platéia mal humorada
dos devaneios

maquilagem que transfigura o rosto
em suor escaldante
e escorre
grossa
até o desgosto

inunda o picadeiro
e
palhaço que sou
conto uma tragédia
em falsos risos me afogo
ironizo a distância entre nós
ateio chamas neste circo
e canto:

este amor que seduz
não é seda
nem luz

áspero como não esperas
trevas de que tens medo

é pavor
voraz
espanto atroz
um vulto atrás
a te perseguir
neste nevoeiro
das mil faces do mistério
guardadas em segredo
e...
– querido
perdi a chave, sabe!?...

o relento
sendo a parte que me cabe

até intuitos suaves transformados em coitos coisificados pelo pudor. por tudo atravesso filtros do passado até garoar o olhar. então avisto a cilada nas parábolas impostas infantil psique abaixo:

deste **osso-me** de sonho empedrado

ouço o mais que posso
soluços e gritos da travessia
pelo mar da **agonia-nos**

estranhos ruídos roem o templo do ouvido
entranhas roídas
saem a tempo do olvido

a cordeira e o senhor: durante anos ela subiu ao monte para rezar e o senhor ameaçou-lhe com apocalipses caso algum dia se desse ao luxo de ousar o gozo. certa vez, já em idade avançada, lá chegou levando as empoeiradas cavernas de si como dádiva. irritado, o senhor estuprou-a por ter visto um raio de luz no fundo de uma delas.
cria-dor e cri**atura**: *um dia o senhor se apaixonou e exigiu-lhe* **fideli*exclusivi*dade** *absoluta. ela no entanto se apaixonou pela imagem do senhor refletida no espelho. o céu virou do avesso. raios e trovoadas passionais desabaram o suicídio como ordem dessa tal* **cosmoagonia**.
ao invés desse caminho, traço curvas

apesar de a inveja que não deixa ver
cega

estraga qualquer entrega
pobreza posta sobre a mesa
para eu comer

a tristeza imposta à reza que rezas
para eu sofrer

um amor-despenhadeiro
para eu saltar:

berraste!

eu
no limite
dinamite
amor entre nós
desastre:

a ternura vai para fora de casa
envolve-se com drogas
furtos
assaltos à mão armada
sevícias

é presa pela moral e bons costumes
da culpa

volta mais viciada
doente
revoltada
cheia de malícia

no peito embolado em brasa
a tortura
ainda viva

vem a emoção de salvaguarda

e auroras, tentativas bem vindas e ventanias a gosto para evitar um deus louco que odeia o corpo, sobretudo o corpo ontem todo posse de outrem. o dia e o tanto de trombadas a enfrentar. frenéticas oposições encobertas são lançadas contra nós, CHAMA. vamos topando tudo para encontrar o umbigo perdido. agora prezo o que sou

derradeira testemunha do desamor

o rio leva também a saudade doída
a tristeza
lava o jardim
vencida

o tempo sopra as miragens

voltam os peixes
ao mar de mim

é só submergir
tens a chave
para retornar-me ave
pelo caminho suave de sempre

nua de pesadelos

a trançar o desespero primeiro e
enforcar o preconceito
após
deixar a correnteza passar
em paz

venha o nado dos dedos
aquietar-se em meio
à auréola macia
noturnando a cabeça
ternuras a fio fino
de infinitudes espirais
bicho-da-seda
em finíssima beleza
e caminhos
de cafunés e desejos crespos
delícia
de amar
curtir
e sentir-se
plenamente negro

enquanto vociferam o medo do castigo e o cultivo da vingança do tal todo-poderoso dito invencível nos próprios desígnios de nos matar os passos. tiro-me os cravos. depois te destravo. **sexsuamos** *em meditação. a* **toda-amorosa,** *com humildade e sem abismos, nos socorreria. mesmo no delírio dos povos, se existisse seria deusa e nos moveria os passos para*

imemorial moringa que nos molha
arrasta todo abrigo de fuga
instaura o absoluto em flor

inflamação dos contrastes
entre os enamorados
doce delinquência afetiva
atinente a tudo e todos
rompe o sinal fechado:

não diga
não precisa dizer com quem dormiu esta noite
além do ser amado

não precisa dizer que não há apenas um a preencher
todo o vazio do outro

de liberdades imaginárias somos cúmplices
quando a sentinela adormece

amores recém-nascidos
nas marolas das pálpebras
não se excluem
nos completam
no que em verdade se fundem
afeto e sexo

não precisa dizer nomes ou definir intensidades
todo dia a cidade se move
para a prova dos nove

entre a bonança e a tempestade
eternamente no peito

não diga
não precisa dizer com quem dormiu esta noite
além do ser amado
somos muitos se querendo
em cumplicidade
mesmo que o novo demore
e a tolerância chegue
em cima da hora

o desejo celebre

a certeza que a ave implume tem de um dia voar. diariamente a gente adia a expulsão dos fantasmas que tanto vadiam provocando arruaças nas ruas e praças do coração. embates prosseguem cegando o caminho. em nós chega o tempo afiando as lâminas

quando salta o sol
orgasmo ateu

a imensidão desaba:
– eu sou o caminho
a verdade
e a delícia!
suavemente grita

clamor algodoando os ouvidos
algemado em paixão

tu me levas
para a solitária

íntima lembrança de tantas guerras
berra
quando um dia
acesos os ***humormônios***
kamikaze
saltaste-me
sobre
o sonho

destruído em parte
não fez água
embora

navega
sentimento afora

restos mortais
em memória boiam

assim ondas levam-nos
trazem
rodopiam no ar
mil voltas em torno formam
elevam ausências múltiplas

outros sonhos se amotinam
a tina cheia
prisão superlotada

ruge o imponderável choque
perigo de massacre

invade os pavilhões
a tropa "não me toques"
com enfoque

nas desilusões e tumultuadas perdições de nós mesmos. água não se reconcilia com água. fogo e fogo não se abraçam. sangue mais sangue: coágulo. de drama em drama, o espetáculo transbordando o palco. nódoas crepitando. não há quem possa apaziguar a queima. reina o vazio. órfãos de haréns, eunucos vêm nos afrontar com escárnios musculosos e agudas prepotências com que nos perfuram o peito. tão doída, a dor adormece mas desperta quando em nós o gemido ressuscita o grito. veladas investidas cultivam receios. cercas de farpadas fantasias armam-se na tocaia. trompete em surdina, alertamo-nos para as armadilhas armadas na noite

onde mora
a solidão
útero de mãe
mar
mãenhã

nublada de afetos truncados no decorrer da jornada em busca de alguém que nos saiba entender a escalada sonhada como profunda opção de abrigo e saber que a lição será um passado alardeando o perigo. há conselhos em cochichos sempre narrando arsenais de memória e pânico em faces tatuadas por estrelas fósseis que realçam expressões inusitadas e adentram-me a porta. faço-lhes companhia à luminosidade. confabulamos e por fim saímos em direção ao esconderijo em que te abrigas, todos fulos com o fardo de muitas fomes. ao chegarmos, quedo-me centrando todas as faces estelares. carícias de contraeguns contêm a musculatura do instinto. quebramares em volta, atento-me para o que se me **estressepassou** *nesse fluxo*

abissal

onde o cio por ti
faísca-me-te

com o olhar coriscas-me
dou-me em holocausto

no gongá do gozo
línguo-me contigo
enrolamo-nus com fogo

recônditas labaredas infinitam os desejos
imensas marolas de saliva
satisfazem a sede

entre as nuvens
balançamos silenciosa rede

no ato
fluxo inato
não sei
onde acabo
e em ti
recomeço regato

margens se desfazem
rebrotamos-nos o diálogo

sol perdendo a ferrugem

sonhos chorados sobre a grama
a gente sem mais fazer conta
uma vertigem nos aponta
um movimento de estratos-cúmulos

cálido vespertino crepúsculo
pulsante memória dos grandes lábios
oferta e procura
desejos enluarados

plácido mar crispado de misterioso brilho
licores seguem para o endereço uterino
fremem a carne
transpiram vida

desamor armado sob o jardim semeado?
poemas incendeiam escuridões

um minuto de ***CIOlêncio***

tudo de ruim foi pelos ares

meia-noite
a lua abaixa a calcinha
um cometa cremoso
escorrega
no meio do verso que tergiverso
teso

meia-noite
na encruzilhada
o poeta medita sobre a espessura do desejo
e do ***moralicídio*** malfazejo
dando corda de passado
ao relógio quebrado

à beira do sorriso camuflado onde havias-me lançado no penhasco. a leveza, contudo, se abrira na queda. agora **flortuo** *em pétalas de vento. adentro-te os pretumes da floresta. vem-me ao encontro a suavidade velada pelas sete chaves que tu guardavas. folhas caídas, música de água brincando de esconde-esconde, árvores fazendo renda fresca de luz,* **PAZciência** *abrindo feriados e domingos no cotidiano sovina, em meio à correnteza*

chega uma hora
tudo pára
nada em mim funciona
a não ser
(obra rara)

saudade nua
delírio que me depura
ternura em rios
ansiando-te oceano

da seiva dos enganos
o aprendizado
nas veias
de antepassados poemas africanos

enquanto a senzala
em mim reclama
o apego ao quilombo

sonhos sedosos buscam seduzir óvulos
para abrir em ***poétalas***
o ***flhorizonte*** risonho
cheio de fontes
para onde sigo
decidido
cimarrón militante

entrementes
trêmulo chega
o silêncio de novo
armando a manada em volta

quem comanda
é a paixão desenfreada
inundando as margens em delírio

lanço-me nas águas

entro na canoa que sou e me deixo sambar pela correnteza, sem temer a cachoeira. quando este rio cai, outro rio sobe no momento exato e retribui a **risadaiada** *das cataratas. aí pensamento nada e clama*

grito exaltado:
– abaixo a sepultura!

acima salta uma flor
coroada de crepúsculos

o tempo mastiga os ponteiros
se permite sorrir
um astro de agora
despindo os tumbeiros
em ondas de neurônios

ao meio dia
a noite surge
com vestido justo
brilhante
exibindo curvas
ondulantes

deixo-me levar
pelo deslizar em abundância

o tempo enquanto ponte e alento denso, **enSIMnamento** *contra a pressa que nos com(re)prime. madrugada recém-nascida. o desprazer em nuvem passa e a mãe estelar nos cobre com a saia rodada. é* **maximacio** *o perfume do jardim a substituir antigos* **horrodores** *eternamente anunciando o fim. línguas nos ferimentos, imitamos os gatos e as tantas vidas de que são dotados. semeio-te os campos arados e logo acolhes as fomes inumeráveis que nós cultivamos. abres as pernas e coroas o rito. a flor mais bela sorri. a voz veloz salta. é o quanto basta para descobrirmos a arma contra o comboio inimigo (que tomamos de assalto): a beleza, fruto e cultivo, semente explodindo-lhes o asfalto. tempo de soltura*

sapiência de um dia que se levanta
de ***corpalma*** performática
suávida
fundida na luz

seguindo se dando
doa a quem doer

a gente destoa
segue destoando
doa a quem doer
abandonando medos e tropeços...

o sol cava com sua enxada
a invernada sussurra
a ***boadrugada***

e para o que der o viver e vier
acordo suando orvalho
no abismo inventado
entre homem e mulher:
amor e disputa
cicuta

na labuta sigo por um atalho
chego ao labirinto
embaralho
bem-me-quer mal-me-quer

quem atrás dos olhos
maneja esta lâmina acesa
em lágrima de mulher?

uma voz no escuro:
– nudez é malha e vôo
bainha disfarça a faca

navalha na barra do sonho te valha

marcas de batom
espalham dúvidas na batalha

por entre corpos de afetos
pela senda afora
pênis
das cinzas do silêncio
fênix

sobrevoa a alvorada
dos pelos
ultrapassa as malhas
reamanhece a vulva

horizonte embebido em aquoso fogo
instantâneo efeito:

ante a solidão a nos ilhar no deserto
tenho comigo
em meio à tempestade de areia:
te amar
é nos servir o oásis
na ceia

das aves bem humoradas afrontando misérias que nos nodoam. ao abrigo atávico vamos com alegrias, delírios labiais vermelhos

à luz de velas
no alto mar de mim
aonde espreito
histórias de carência
que invento
pondo no peito
palha por dentro

rastilho de fogo
sentimento
afogo em soluços
e silêncios

de repente
descuido
te abraço
INCÊNDIO!

o desejo suavizando a paisagem
notas de realejo beijando suadas mucosas
que se abrem

me afogo

olhares-fátuos
ateiam
ternura na teia

fazem festa
e doces pães de ânimo

aranham
orgasmo por todas as pernas e pentelhos
pacíficos
atlânticos
índicos
em todos os espelhos

belo navegar-te
em sístole e diástole
pelo estreito de ***gilbraltar-te***
elevando a salinidade
dezenas de ilhas de encanto e gozo

carícias parabólicas
assim seja
a entrega
batuques internos
surpresas

de ternura
doce desprendimento
infinito saber e sorver distantes sóis
a ver com tudo
não se prende a nada
ave de luz
traspassa
as grades

não se detém
entre as unhas do ter

multiplica soma subtrai
opera a divisão
das flores e frutos da estrada
por onde passa o coração

cruzando a mediocridade do dia a dia, do mês a mês ou do ano inteiro... maré e maresia de alívio, doçura de um novo escuro nascido que inebria e abre as ramagens de nós para o sol opondo-se ao mau tempo formado nas rugas que te amedrontam. iluminada a rua por onde eu sigo deserto. apesar dos tropeços num apinhado de gente, decerto eu posso pensar em solidão. não! tu me acompanhas solidária e ri dos que me acham tolo e infeliz. só eu te sinto caminhar comigo em harmonia. na soleira da orelha, usando as artes da brisa, CHAMA, sacodes a folhagem para bebermos o sorriso da estrela voluntária do **santuário-te**

a festejar o caminho da
liber*dádiva* de entrar e sair deste emaranhado
de oleosas sedas
e te trazer comigo

deslizar toques
em toda epidérmica **geogra*fiat***

chuva ondulantemente noite
efusão
no mais reconfortante ***sim*lêncio**

língua sibilante
incandescente fala
a vagina acende
o falo abrasa

serpentemente labaredas
cálido orvalho
faz-se agasalho

tudo se abraça
e molha
acima e abaixo
por todos os lábios

e misteriosas sendas que dizem em seus ecos de rendas: é o momento de reconsiderares tudo, até mesmo o sonho mudo bocejando apego, encostado ao muro e esta lua alucinada na camuflagem do adeus. é a cura decisiva fazendo anúncio da luz mais fecunda acendida no dentro. desajeitados trejeitos, pessoas abençoadas pela boa-aventurança das crianças algemadas em carências, enfeitam o trajeto por onde eu passo lado a lado contigo, CHAMA, e ninguém nota. liberdade recém-retornada, eu sei seres também o fruto aberto para uma esperança incerta e sempre esfaimada que não passa. o bando de coriscos emocionais canta e pousa

de beijo pronto

saímos livres pelo atalho
do lanho secular em nossas costas
a conquistar o sorriso

me espraio-te
no mais dócil
da praia
onde ressoam-te cantos
ondas
que nos abençoam
dançam
entoam

restos de culpa que este mar digere gerando pontos de **digreressção** em

bu-seda
bu-seta
bu-cítara
bu-cética
bucé**fala**
bucé**falo**
buuuuuuuuuu...não seja
boceja
bu etc...

pulsando
passas

leveza lombar
ninando
suntuoso calor
a retina

divinais gomos
levitação marinha
encanto
musculatura em relevo
e
sonho

delícia curva
expansão lateral
arremesso e recuo

novanascida
a percepção sustenta
um desequilíbrio
ébrio de prazer e pensar
além das roupas íntimas

num sobe e desce pelas encostas
da memória
a volúpia sorri
descontração nas ruas
interrompendo cálculo
pressa
adiando enfarto
crachá de ponto
crédito
passo
nascendo
novo gesto em festa...

não fosses a inteireza da graça
que olhos tantos arregala
circular não seria
tão bom
e som

de leve nado de nádegas
essência da forma
arredondando os sentidos
mensageando
o planeta

sejamos todos
um fluxo harmônico

quando o pênis pirilampa
na densidade **umid*escura***
pode-se
sem mentira
por um tempo sem margem
ser
apenas imensidade
para o acolhimento em flor

palárvores *e suculentos frutos pendentes de galhos que se abraçam. depois não haja tristeza alguma. apenas* **astróvulos** *no ventre realizando a dança cíclica de enchente e*

esta felicidade plena usando o vago
para tecer flores
abandono e inusitados sabores

queria eu todo dia estar no interior deste ciclone
nuvens redemoinhando sonhos
horizonte amadurecido em arco-íris
caminho entre lábios que se adentram

mais íntima pulsação
o infinito
nos vem
descendo
pela

espinha
em transfusão de luz

pequenos riachos na imensidão de nós
suave

dar-se inteiro o novo aceno

vamos
escravos*amos*
passear na tarde
sem resquícios de recíprocas imagens
tortas todas

paisagem
abraço de sol se pondo

anoi*tesa* infini*tez*mente

no ***voo*lúpia** de nós
acariciamos o passado e o presente
saliva nas luas
sóis destilados
podemos
explodir um orgasmo de auroras
e contemplar a ***luzcidez*** nascente

de verão colorindo o cenho cinza. andar sentindo a curva maior e o giro na incomensurável solidão cheia de mistérios de infinitas esferas

sem pensar que a palavra
sai pela torneira do nada

das mãos da gente
vaza
transbordando
o todo

logro
pensar que a palavra
é rosa recatada
sem espinho
engodo
ninho idealizado

em botão latente se prepara
fechada

quando no íntimo é tocada
desabrocha

fraude
pensar
ser o pensamento patrão
a palavra
emoção operária

palavra: exu na estrada libertária
para quem sabe tocá-la

e envolver-se com a flexão das curvas enquanto a vastidão abre os cárceres dos passos para imperceptíveis e largos contatos da profunda palavra evocada entre tudo e nada e as sinuosidades apartadas da **segurânsia** *das grades, ali, onde o terreiro se abre*

com este berimbau no peito
preceito
a palavra negro de rosto limpo
é o que sinto
quando vens vindo

vibra-me a fala que tanto calas e se equilibra na garganta um desejo solto que estala. toco e jogo desde o olhar aos fogos finais uma angola de afagos **eternurais**, *seiva entre o início e o fim dos tempos, herança que supera a saga e o sangue deixados no mar e nas enxadas. hoje, na* **reinteireza** *dos pés ao cabelo*

o sol possível desta manhã
a dissipar as trevas brancas
do como amar um pássaro voando
sem usar gaiolas
armas
armadilhas
mãos para estrangular

nasce o amor sem posse
a iluminar o poço de pedras sobre pedras
sobre nós

a mina que brota
para a sede destes séculos
de rancor e mágoa a expandir o deserto

por mais que o renegues
é vibração libertária
em ritmo de reggae

o amor sem laço
que prenda
porta para o coração holístico
gozo cósmico dinamizando os passos
sem posse
início
do fim
do amor promíscuo
horizonte real do pão
a ser dividido
dentro e fora do circo

entrega ***intimastral***
sem barganha
artimanha
ou bola de cristal

é a mulher do homem e o homem da mulher
cansados de não sorrir
de conter
e contar

amor-SIM
sem posse
a paixão em paz
intenso tesão de prolongado prazer em jazz

da cabeça aos pés
continentes libertados
ilhas
minas extraídas
mares despoluídos
lagos
rios
igarapés

percep*samba* de arco-íris em bando
felicidade partilhando a quietude
após tanto choro chorado
de paixão contida
de calor culpado

astro por longo tempo atolado
em arroubo romântico e crimes passionais
impedido de chegar mais cedo
aos verdadeiros carnavais

agora sem o ser em partes
parto sem dor
vem à luz o todo-amor

veio da **escuridão-te**
trazendo a imensidão sem posse

ri
ninguém de ninguém
inteiramente se apropria
e dividir é dar e receber
nem sempre
na mesma quantia
do que não se pesa
mede
só em sentimento se avalia
profundidade
grandeza
SIMpatia

não se mata nem se prende este cavalo alado
nem tampouco se abafa este ijexá de nuvens
plenitude
nova era de exu e eros

óleos que se **inter*festejam***
sem euforia ou pressa
dinamismo de alforria completa
de todos os encarcerados no caos

não cessa
substancia-se em cores para a vida

a obra do se dar sem reter, de tanta gente reconstruindo o viver. é trabalho e ócio em completo equilíbrio sem posse para implantar o azul onde houver cinzas de amor malfeito ou desfeito em prantos e sacrifícios. a respiração da nudez, que até hoje fez o planeta girar, vem à tona anunciar que no dentro da gente

sobre a posse e a dor
planará o beija-flor

o nascente de se encontrar plenamente. o nome que te me acende é paz e prazer. e as vitrinas de ilusões primárias de um consumo ordinário expõem os cacos miseráveis. do entrelaçar de umbigos de nada adianta tentar se safar. anteriores a nós, são antigos. não há possessivos capazes de reter a expansividade da **existessência** *feita de fluxos e influxos, estradas, passos precisos e ricos de* **boa-vontadevoa***. sopras, sopro o fogo inicial para a era desprovida de culpas e pecados. amor: morada maior de nenhum abandono*

que impeça o nós
lado a lado
flor*fluindo*
uma colcha de perfume

em volta. e aquele som de dedos estrelando o céu e as abelhas **melzando-nos** *o coração*

nos interstícios do nevoeiro
sementes de infinito pelo corpo inteiro

exê ê babá!

azul de brigadeiro
do não ter fim

art(r)evida
palavra despida
de mim

oxalá
poeme-nos
um novo jardim

.

Glossário

abiku: criança habitada por espírito membro de um grupo que, ao nascimento daquela, passa a invocar a sua morte, que poderá ser evitada com oferendas.
amaci: líquido preparado com ervas para banho durante cerimônias para os iniciados no candomblé.
angola: modalidade mais tradicional da capoeira.
axé: termo de origem ioruba que, em sua acepção filosófica, significa a força que permite a realização da vida; que assegura a existência dinâmica; que possibilita os acontecimentos e as transformações.
bará: nome dado a exu para assinalar o destino individual.
bori: cerimônia ritual de candomblé e de terreiros afins para reforçar o espírito do iniciado.
calundu: mau humor, amuo.
cimarrón: na américa hispânica, qualificativo aplicado ao escravizado fugido, embrenhado e vivendo solitário no mato.
contra-egun: trança de palha da costa que os iniciados das religiões de matriz africana usam para afastar os espíritos dos mortos.
desdêmona: personagem de shakespeare, da peça otelo. é assassinada por otelo, tendo em vista uma crise de ciúme deste, que o leva ao suicídio.
ebó: mais comumente trata-se de oferenda ao orixá exu. o termo pode ser usado também para designar oferenda a qualquer orixá.
egungum: espírito ancestral que retorna em cerimônias rituais do candomblé para investigar a conduta familiar do grupo que gerou.
eros: deus do amor na mitologia grega, filho da terra e do caos nas antigas teogonias.
estigma: embora tenha o sentido de marca, cicatriz, foi empregado com o significado botânico de dilatação da parte superior do pistilo.
exê ê babá: saudação ao orixá oxalá.

exu: orixá mensageiro entre os orixás e os humanos, energia das aberturas e da fecundidade, preside as encruzilhadas, princípio dinâmico de todas as coisas.
hora grande: meia noite, momento em que o orixá das aberturas, exu, é invocado na quimbanda e no candomblé de caboclo.
gongá: altar de umbanda. recinto onde fica esse altar.
iago: personagem de shakespeare da peça intitulada otelo, que articula a situação que leva otelo a assassinar desdêmona e depois se suicidar.
ijexá: uma das "nações" da tradição brasileira dos orixás. por extensão, ritmo das danças de oxum e logun-edé, orixás ijexás, e dos cortejos de afoxés.
jongueia: verbalização da palavra jongo, dança de origem africana, cujos passos incluem a umbigada.
kelê: colar de contas em cores que os iniciandos das religiões dos orixás usam no pescoço, tendo cada cor o seu significado.
matusalém: patriarca judeu, filho de enoque, avô de noé, que passa por ter vivido 969 anos (bíblia).
meia-lua-de-compasso: golpe de capoeira que se constitui em um giro de 180 graus, semelhante a um compasso.
ogúnicas: relativas ao orixá ogum, energia dos metais e da luta.
ori: cabeça.
orixaliza: verbalização inventiva do termo orixá.
oxalá: orixá da criação da humanidade, simbolizado pela abóbada celeste.
oxumima: neologismo construído com a palavras oxum – que designa o orixá das águas doces, energia do ouro, da ternura e da maternidade – e o verbo mimar.
patuá: amuleto que se leva no peito, em geral, no formato de saquinhos de couro ou pano, dentro dos quais há raízes e ervas consideradas sagradas.
pistilo: órgão sexual feminino, visível em certos vegetais (fanerogâmicos), que forma a parte central da flor.
roncó: quarto sagrado onde os iniciados do candomblé ficam recolhidos por um período.

quicó: galo abatido para oferenda ritual de candomblé.
rum, rumpi e lé: tambores, pela ordem, de tamanhos diferentes do maior para o menor, usados nos cultos afro-negros do brasil.
sinhá da gadanha: a morte.
ximbica: termo empregado com o sentido de vulva, e não com o outro significado de jogo de cartas.
zaratempo: saudação ao inquice (divindade de origem banto) tempo.

Referência:

AULETE, Caldas. *Dicionário contemporâneo da língua portuguesa*. 3. ed. Rio de Janeiro: Delta, 1980.

CACCIATORE, Olga Gudolle. *Dicionário de cultos afro-brasileiros*. 2.ed. Rio de Janeiro: Forense-Universitária [1977]

GRIMAL, Pierre. *Dicionário da mitologia grega e romana*. 4.ed. Rio de Janeiro: Bertrand Brasil, 2000.

LOPES, Nei. *Dicionário banto do Brasil*. Rio de Janeiro: Prefeitura da Cidade do Rio de Janeiro, s.d.

GALVÃO, N. S. Nunes. *Enciclopédia cultural*. São Paulo: Matese, 1966.

LOPES, Nei. *Enciclopédia brasileira da diáspora africana*. São Paulo: Selo Negro, 2004.

PRANDI, Reginaldo. *Mitologia dos Orixás*. São Paulo: Companhia das Letras, 2001.

DO MESMO AUTOR

Poemas da carapinha, 1978
Batuque de tocaia, 1982 (poemas)
Suspensão, 1983 (teatro)
Flash crioulo sobre o sangue e o sonho, 1987 (poemas)
Quizila, 1987 (contos)
A pelada peluda no Largo da Bola, 1988 (novela juvenil)
Dois nós na noite e outras peças de teatro negro-brasileiro, 1991. 2ª edição/2009.
Negros em contos, 1996
Sanga, 2002 (poemas)
Negroesia, 2007 (poemas)
Contos crespos, 2008
Moreninho, neguinho, pretinho (ensaio educativo), 2009 – Col. Percepções da Diferença.
Poemaryprosa, 2009 (poema)

Produção acadêmica

Um desafio submerso: Evocações, *de Cruz e Sousa, e seus aspectos de construção poética*. Campinas (SP) : Unicamp, 1999 (dissertação de mestrado).

A consciência do impacto nas obras de Cruz e Sousa e de Lima Barreto. Campinas (SP) : Unicamp, 2005 (tese de doutorado).

Coautoria

ALVES, Miriam; XAVIER, Arnaldo; CUTI. *Terramara*, 1988 (teatro).

LEITE, José Correia; CUTI. *...E disse o velho militante José Correia Leite*, 1992 (memórias).

ASSUMPÇÃO, Carlos de; CUTI. *Quilombo de palavras*, 1997 (CD - poemas).

Sites: www.cuti.com.br
www.quilombhoje.com.br
www.letras.ufmg.br/literafro
www.lyrikline.org

Este livro foi composto em tipologia Bodoni MT e impresso em papel Offset 75 g/m2 (miolo) e Cartão 250 g/m2 (capa), no mês de outubro de dois mil e nove.